前行的里程碑

——泉文诗集

毛泉文　著

团结出版社

图书在版编目（ＣＩＰ）数据

　　前行的里程碑 / 毛泉文著. -- 北京 ：团结出版社，
2017.11
　　ISBN 978-7-5126-5739-7

　　Ⅰ．①前… Ⅱ．①毛… Ⅲ．①诗集－中国－当代②散
文集－中国－当代 Ⅳ．①I217.2

　　中国版本图书馆 CIP 数据核字(2017)第 271013 号

出　　版：团结出版社
　　　　　（北京市东城区东皇城根南街 84 号　邮编：100006）
电　　话：（010）65228880　65244790
网　　址：http://www.tjpress.com
E-mail：zb65244790@vip.163.com
经　　销：全国新华书店
印　　装：三河腾飞印务有限公司

开　　本：170mm×240mm　　　16 开
印　　张：14.5
字　　数：62 千字
版　　次：2017 年 11 月　第 1 版
印　　次：2017 年 11 月　第 1 次印刷

书　　号：978-7-5126-5739-7
定　　价：32.00 元

著名书画家徐立业
为《前行的里程碑》题画

诗友张蒲教授为《前行的里程碑》题书

高山有趣顶 人生无颠峰

贺好友家文诗集前行的里程碑
顺利出版 丁酉夏月 张蒲

诗友贻凌为《前行的里程碑》题书

铁肩挑责任妙手写诗行

颂龙泉文革前行的里程碑
丁酉立秋 贻凌书

作者学生时期　刻苦练功（一）

作者学生时期　刻苦练功（二）

作者参加警察大比武　勇猛不弱当年（一）

作者参加警察大比武 勇猛不弱当年（二）

序

铁肩担责任，妙笔写诗行

　　能为一名"铁肩担责任，妙笔写诗行"的警察诗人的诗集写序，我深感荣幸。

　　去年，青年作家、诗人，《陈小鹏专列》和《心灵芳草地》的主编李芳莉（品子）女士把人民警察毛泉文的诗词作品推介给我时，我便被他的作品吸引住了。可以这么说，泉文的诗歌是有筋骨的作品，是有宏达畅远想象力的作品，是有思想穿透力的作品。

　　作为一名来自于基层的人民警察，他始终战斗在第一线，早出晚归，风雨无阻，为了人民群众的安危和社会的稳定而无私奉献着，永不停歇。然而，一颗爱好文学之心不因工作繁忙而泯灭，他利用业余时间阅读了大量的书籍，在中华民族优秀传统文化的知识海洋里汲取营养，开阔了眼界，提高了自己。

他的诗，既热情澎湃，又温柔细腻，是在与时间赛跑中写出来的，是心灵的感悟和知识的沉淀，是在四季阳光的焠炼中升华而出的。

毛泉文深爱公安事业，深爱基层人民。从他的作品里能深刻感受到这一点，他的诗作质朴而怀大爱。

十多年的基层工作，他始终与老百姓打成一片，这使他在实践中积累了丰富的文化养份，其作品来自于生活而高于生活。作为一名人民警察，要驾驭各种不同类型的题材是很不容易的，但他做到了，且游刃有余。其作品所涉及的内容十分广泛，符合求新、求变、求快的现代生活理念，以冷静的态度抒写出了火热的生活文字，其诗之美绽放于阳光之中。

他的作品，有的慷慨激昂，落地有声；有的柔情似水，清新甜美；有的旖旎多姿，风光无限。

其作品的生活气息与艺术特色主要表现在以下四个方面：

一、讴歌时代　思维激荡

我们正处于一个激烈变革、蓬勃发展的前所未有的崭新时代，这个时代涌现出来许许多多可歌可泣的动人故事和先进事迹。他们是实现中华民族伟大复兴的中国梦的主力军，值得我们文学工作者去关注与抒写。

毛泉文站在时代变革的前沿，迎着阳光思考与探索，紧紧抓住时代的脉搏，把自己的所见所闻倾尽于激情四射的笔端，每一首诗都折射出不同的逸动，浸透着心力，凝聚着他的心血。他的诗赞美中不失质朴，真实中不乏想象。

例如《写给基层民警》中，倾注了内心深处炽烈的爱，朴素的情，语言凝练，形象生动：其实，民警也有／苦辣酸甜的滋味／警察不是神／热血与汗水／日月可鉴／不敢与日月同辉／但求对百姓无愧／自古男儿多牺牲／唉，无所谓／舍我其谁？

字里行间，寥寥数笔，就把基层人民警察的形象勾勒出来，让我们看到了人民警察的高尚情操和丰富情感，展现了一种积极向上、生活乐观的精神风貌。

在《里程碑》中，我们被砥砺奋进、宏阔情怀的语言所感染：路，总是向着前方／每一步都是一个里程碑／碑上／会记载你的汗水／你的苦，你的累／会记载你的欢笑／你的幸福，你的心碎……

二、铮铮铁骨　豪迈气概

生活中积淀，不懈的追求，使毛泉文的作品不脱离生活，不脱离实际，不脱离人民群众，不脱离时代特色。

他的诗，不仅给我们展现了丰富多彩的人生画卷，还为我们提供了激情豪迈的英勇气概。例如《写给真男人》，有一种阳刚之气，更有一种豪放之美：

有琼空万里之壮阔／有惊涛拍岸之磅礴／有旭日喷涌之绚丽／有狂澜力挽之豪气／有青松挺拔之遒劲／有高山行云之飘逸／横舟沧海上／立马昆仑巅／谁奈我何？不畏狂暴气盖世／敢问险途何修远／这，是男人！

三、借景咏志　极目辽远

读过毛泉文作品的诗友，都有一个共同的感觉，作品视野开阔，思维宏远，所涉及的题材多样、内容丰富、生动有趣、怡心悦情。

他写风光不是走马观花、路过赏月，而是把个人丰富的情感融入到了山水风光无限之中，在风景中读到人心，在人心中看到乐观。例如，在《风雨桃李》中，我们在十分轻松愉快的状态里，读到这样唯美主义与浪漫情怀相结合的清丽脱俗的文字：

临窗看风景／又为岁月叹／春秋几多梦／也在雨打风吹中／花开又花败／人生何处不相逢

在他描写的美好景致中，我们领悟到淡淡人生的几多感慨，几多思绪，几多心得。

在《风景》中，这种情感与画面相融合的恰到好处，令我们读后掩卷思考并回味良久：

窄窄的窗／已容不下这丰盈的四月／远处碧空青山／近了红墙绿树／那些草长莺飞／那些湖光水色／翠得逼你的眼／蓝得让人迷惑……

四、情感细腻　妙趣横生

每一个对生活充满激情与梦想的诗人，都在情感的世界里迷醉，寻找自己的灵动性与舒适性。尤其一个心里有明媚阳光的诗人，他的情感世界是清丽可人的。

毛泉文作为一名人民警察，情感的表达是如此的细腻。他文字的雅漾新丽，有一种自然流畅的线条，温润着无数的读者，令人感动。

例如《相思成痴》，行文特别，寓意深刻：

恨君不相见／繁花堪来迟／众里寻你／花语尽泪湿／盼到春色最浓时／圆月笑我痴／天涯皆婵娟／独我孤影只

在月光倾泻的沐浴下，诗人没有落入俗套，而是只有我知圆月为谁明，心载光泽思清远。

《月夜》借月抒怀，静立沉思：思念像那团陨石／划破沉闷的夜空／惊心触目地跌下／不知会跌落入谁的心田／是否，会惊起／一团夏花？／放歌的繁星／惊了，为之一阵嘶哑

在当今社会各种诱惑下，毛泉文远离浮华，拒绝交际，潜心创作，苦心耕耘，为中国文坛注入了新鲜的活力，为广大读者奉献了一首首清新雅致的新诗，受到广泛的关注与好评。

同样的人生，但每一个人有不一样的人生态度和核心价值观，有不一样的人生目标和奋斗历程。作为一名警察，工作上毛泉文铁肩担责，风雨扛肩，是一位深受人民群众爱戴的优秀警察，百度上有他众多的先进事迹报道。生活上毛泉文脚踏实地，立德做人，深入生活中的第一线，掌握第一手素材，细心观察、挖掘和发现生活中的方方面面，并沉下心来冷静思考和探索，提炼其精华，投注于笔端，所以他的新作都带有一种浓浓的现代气息与情感光泽，都是辛勤汗水浇灌和培育后的结晶，都是精心打造的佳品。

他的作品深入浅出，可读性强。可以预见，其诗作在新书出版后将得到更加广泛的肯定与推崇，成功已在眼前！我衷心希望泉文

能够再接再厉，戒骄戒躁，坚守一份清心，继续努力笔耕，为我们呈现更多更精彩的收获与喜悦。警察泉文，诗人泉文，铁肩担责，妙手书文！加油！加油！

陈小鹏

2017 年 8 月 15 日写于福州

（注：陈小鹏，中国海峡文创社社长。福建电视台高级编剧、制片人。福建省作家协会会员、福建省电视家协会会员、福州市榕台交流协会副秘书长等。发表纯文学作品已有三千篇。）

目录

写给真男人

有时
他是贝多芬钢琴曲的变奏
有时
他是惊涛骇浪中的船只
有时
他是奔流的长河
有时
他是缄默的山风
青山给了他躯体
大海给了他魂魄
神鹰再赐予他羽翼
不畏浮云遮皓日
敢问苍天主浮沉
这，是男人

有琼空万里之壮阔
有惊涛拍岸之磅礴
有旭日喷涌之绚丽
有狂澜力挽之豪气

有青松挺拔之遒劲
有高山行云之飘逸
横舟沧海上
立马昆仑巅
谁奈我何？
不畏狂暴气盖世
敢问险途何修远
这，是男人

群峦叠嶂的起伏
给了他粗犷的体肤
苍窿秋深的高远
给了他明锐的眼
岩浆似火的迸发
给了他无穷的力量
有移山填海之气魄
有崇山峻岭之巍峨
有春风杨柳之柔情
有月光旖旎之静谧
太阳滋泽的光芒
给了他勇敢的臂膀
昂首顶天地
一肩扛风雨
一肩担责任
笑看风雨呼啸过
心若磐石志弥坚
这，是男人

有时也像小草一样

倔强生长

甘居平凡不求辉煌

有时又像野花一样

任性开放

只求芳香，不求供养

这，是男人

有猛虎般的莽性

有雄狮般的阳刚

从刚毅无比的大卫

到雄壮健硕的掷铁饼者

每块筋骨肌肉

无不书写着慷慨激昂

如远山，知含蓄

如大海，懂涵养

如潮汛，晓进退

含天地之灵性

含日月之神韵

此，乃真男人

从大禹治水之壮举

到斯巴达克之暴动

从金字塔的耸立

到长城的浩歌长风

从屈原《离骚》的传世

到但丁《神曲》之相颂

从金戈铁马

成吉思汗
一代之天骄
到肝胆风云
拿破仑
绝世之枭雄
……
这无数波澜壮阔的史诗
无不钢铁般佐证
男人，乃历史的主笔神

不重生女
还生男
落地便铿锵
挥汗成长河
热血写长歌
甘愿苦累死
决不苟且生
憾天地
泣鬼神
血泪何足惜
拌墨染丹青
顶天立地也
不沽名，不枉生
人世多杂陈
苦辣酸甜一饮尽
做就做，真男人！

里 程 碑

小时候
路，牵在父母的手中
长大了
路，踩在自己的脚下
走着走着
路就多了
走对了，通往幸福
选错了，走向悲剧
胆识让眼睛敏锐
知识成就智慧
脚前，是无限的风景
脚后，是凝固的画面
风景是现在的美
可以边走边品味
画面定格过去
历史不可轮回

路，总是向着前方
每一步都是一个里程碑

碑上
会记载你的汗水
你的苦、你的累
会记载你的欢笑
你的幸福、你的心碎
路，能走多远
全凭你的双腿
全凭你的无畏
走不动了，你可以爬
爬不动了，也要撑着
生命的路上
不容你倒下
倒下了
里程碑
便成了你的墓碑
墓碑上，会铭刻
你的美，你的悔
你的得意和惭愧……

写给基层民警

大基层，小单位
五六万人口
三四个民警
二十四小时一天
全天值班备勤
且不说苦累
从来就未敢深睡
连续三五个加班
司空见惯，挺住！
怎敢叫苦说身心憔悴

最美是逢假聚上一回
相邀二三个曾经的战友
回忆四五年的朝朝夕夕
斟满六七杯烈酒
扯上八九个牢骚话题
以男人最简单的方式
倾吐、发泄
举杯同醉

忘记痛楚
醉去疲惫
平日有《禁酒令》
哪敢端杯
受委屈，咬牙吞入肚
何敢说与谁
因为警察从来不相信眼泪

难得今天有假
聚聚叨叨笑一笑
互通有无
感同身受处
大家频举杯
浅醉当安慰
明朝还须醒
谨小又慎微
不是怕苦
也不怕累
怕就怕不理解
怕就怕误会

其实，警察也有
苦辣酸甜的滋味
警察不是神
热血与汗水
日月可鉴

不敢与日月同辉
但求对百姓无愧
自古男儿多牺牲
唉，无所谓
舍我其谁？

今日与君述
唠话煮酒还碎
明早我又去
坚守岗位
警察誓言里
只有一句，无怨无悔！
我的格言里
也只一句，此生无愧！
恪勤守平凡
不苟求富贵
只愿辖区内
年年岁岁
平平安安！

漂　泊

很累的时候
找一间小屋
静静地睡去
睡去……
但必须是抱拥着你
而且，必须开启
一页小窗
朝向大海
听海的呼啸
听海的宁静

大海呼啸时
和上她的节拍
你哼一哼你的歌
我吟一吟我的诗
大海宁静时
我们枕着她的静谧
甜甜地
梦去……梦去

梦里
也必须开启一页小窗
朝向大海

然后，让我们的心
随着海的潮汛
去飞翔，去荡漾
就这样安静着吧
安静着……
或是醒来
或是继续梦着
只要是有艘小船
能载下你和我
那就且让她
静静地漂泊下去
漂泊下去吧

警察的周末

终于熬到了周末
嘿嘿，美呀
不用出警，不用办案
不用看别人的脸色
什么都不用
我只需静静低躺
美美地、懒懒地
睡个早床
听晨风吹笛
听鸟儿鸣唱
啊呵，还有阳光
你照我的屁股吧
你吻我的心房

哦哦，我心爱的姑娘呀
今日多好
快步入我的梦乡
不会有争吵，不会有警铃
不会有谁来搅扰

我们的梦呀
甜甜地、美美地做吧
让我骑上骏马
抱你在怀里
或扛你在肩上
我们飞奔吧
去天空
去海洋
去草原
或去烂泥滩
我做你的王子
你做我的新娘
呵呵，美呀，美呀
……

可是，可是……
当晨风真来了
阳光炙烤了
我还是醒了
又无法安睡了
还是走吧
我心爱的姑娘呀
我们去警营
那里有我的乡亲
那里有我加班的兄弟
让我们的亲昵

羡慕死兄弟
让我们的甜蜜
荡漾在乡亲的脸庞
走吧
让我们的爱情
在警营里歌唱
让我们的理想
在警徽下闪光!

交警之歌

马路天使
交通警察
闹市社区
坚守红绿灯下
高速路上
巡逻缉查
车水马龙里
身姿挺拔

太阳给了黝黑的皮肤
冰雪给了坚毅的微笑
迎着晨曦伴着晚霞
任烈日炙烤
任狂雨冲刷
我屹立于马路
指挥自若
英姿潇洒
头顶白云
拥抱蓝天

我是马路上一朵
最朴质的花
不需呵护
无需牵挂
恪守平凡
不奢求伟大
我是马路上那朵
最常寻的花

天寒地冻
酷日炎夏
我都伴你身旁
将平安给你
将祝福给你
永远为你护驾
不管你在咫尺
还是在天涯
我都是马路上那朵
为你而绽放的花

华容高速警察之歌

朝至长江头

暮饮洞庭水

巡逻到哪

哪里就是我们的家

我们是华容的

高速警察

头顶烈日

脚踏霜花

我们年轻豪迈

为确保高速畅通

奉献着最美的年华

从东湖之畔

到墨山之巅

高速之桥

如彩虹朝霞

我们闻警而动

迎风高歌

我们是华容的

高速警察

迎旭日送落霞
救患难打车霸
血汗我来洒
只愿您平安回家
勤职守多奉献
日巡逻夜缉查
警车就是我们
临时的家
永远伴您左右
我们是光荣的
华容高速警察

刑　警

我是刑警
警察里的最后一道防线
别想逾越我
没有几个猎物
逃得过猎人的眼睛
只是猎人的枪
尚未扣响

你不是悟空
不可能凭空而来
亦不可能凭空而去
只要你喘息
只要你露脸
只要你还吃喝拉撒
你的身影
便早已被我们锁定

或许你并未落网
但我只对你轻蔑一笑

魔高的那一尺
何时高过道高的一丈
只不过
或因我们人手不够
经费不足
或因还有别的缘由
我们只是尚未动手

不是不报
只因时候未到
你正得意时
我们早已
把你看死盯牢
所以，"亲爱的"
你别去犯罪
我是刑警
永远逮你于无形

天知地知
你知我知
高科技更知
你不比我聪明
更况且我有一个
全人类的正义之师
所支持的团队
所以，我有足够的勇气

和智慧

告诫你

只要你胆敢犯罪

我便随时

将你绳之以法

将你彻底粉碎

警 嫂

嫁给了警察
便叫警嫂了
都说，警嫂
最有安全感
可是
可是，我却提心吊胆了

清晨送君
夜晚相盼
只望君呀
你夜夜能还
日祝愿
夜祈祷
只望君呀
你能天天平安
岁岁平安！

灯

　　心地是那样的明净，像一朵雪莲或者是一朵丁香，那绒绒晶莹的灯芯就像花蕊一样，静静地绽放。

　　灯芯儿不大，却能照耀远方。她不嘲笑星星的渺小，也不妒恨月亮的伟大。只是当月亮与星星沉睡或者黯然时，她才会燃起自己明亮的心，把黑暗点得熊熊光亮，照耀着那些尚在黑暗里探索的人们。给懦弱者以勇敢，给孤独者以温暖，给彷徨者以方向……

　　闭上眼，你会感觉到她的抱拥，甚至她会用温柔的手捧你的脸庞，那么亲切，那么温存。

　　睁开眼，你会看到她曼妙的身影伴着细柔的晚风轻轻摇曳。在柔曼的摇曳里，你仿佛还能听到她低低的吟唱，一晃一晃中，像飘动着一个一个音符，或是落在你眼前，或者绕到你身后。又像是轻轻吻你的手，或者是吻你额头，那么谦和、那么虔诚。

　　夜深了，也不忍吹去她。于是合上眼，枕着她的温柔甜甜地睡去，让心儿伴着她的影一起摇呀摇，慢慢摇入了梦乡。

　　梦里，她又蹑手蹑脚地跟来了。于是，梦儿光明了，心儿敞亮了，世界芬芳了……

可是，等我醒了，她已经走了，我知道，她是不会与太阳争宠的！

瓦 片

月亮以其皎洁的圆满
向夜空炫耀
招致了天狗的蚕食
树枝以其累累的果实
向风儿招摇
引来了馋嘴的鸟
而瓦片不声不响
只知道痴痴地坚守
却给了人们
一季长久的晴朗

我想，我还是做瓦片吧
因为
我没有华丽的外表
也没有内在的甜蜜
既然上天只给了我愚笨
我也就坚守
这份默默无闻吧
嘿嘿，正好

不惹谁的羡慕嫉妒恨
只是
等到繁花落尽
风雨雷霆时
我想
人们会想起我的

天空与湖泊

天空因拥有云朵
而高高在上
并骄傲自乐
湖泊接着地气
仰望但并不膜拜天空
只是，用明亮的心
接纳了天空的所有
并默默地
温暖自己的鱼儿

一阵风吹过
带走了天空的云朵
天空，便一无所有了
而湖泊
很礼貌地还给风儿
一个微笑，一些浪朵
然后，依然温情地
抱拥着自己的鱼儿

栀子花

这是一个开满栀子花的季节
漫山遍野的清香
随风荡漾
当我深嗅那一抹醉时
眼前惊奇地
出现了一位卖花的姑娘
她扎着短辫
栀子花般清纯的模样
仿佛从童话里来

她递给我一束栀子花
我全部买下了
低头轻嗅
我醉了
她调皮地朝我
扇动手臂
花蝶儿般地飞了

望着她

渐行渐远的身影
心里忽然很是莫名地
失落起来
眼睛与灵魂
仿佛是跟着去了
追着那缕秀发
追着那丝清香
仿佛是追着初恋时的梦
梦里
也曾有这么一位
栀子花般清香的姑娘

初恋的那朵莲

我闭目凝坐的时候
总希望你能来
以其惊喜步入我的心窝
门没有关
一直为你虚掩着

你可以款款而来
也可以悄然而至
但千万
别用高跟鞋的尖音
惊扰了我的思索
我惧怕矫情
和热情似火

我在想那朵莲
清纯玉洁、温柔婉约
她有绯红的脸庞
还有少女的婀娜
只是，迷失在了

十八岁那年的雨天里

那一天
我情窦初开
你便如了那朵莲
深深地种进了
我的生命里
从此
年年盛开
不谢不败

千年银杏树

一千年
我向地下深扎
只为一千年以后
独秀于林
而不被疾风所摧
将不屈与不朽
生长成为精神
深扎，不为招摇
只为向上
昂首
凝望高空
只为
再过千年之后
我，去牵手太阳

做一个优秀的人

如果一个人
领导赏识
百姓拥戴
同事喜欢
那这个人必定是
一个优秀的人
这样说起来很容易
但做起来很难
也许，你并不甚优秀
但只要你坚持
朝这个方向去努力
那你必将
日臻优秀
日臻完善

尽管
通向优秀的路
注定不是坦途
但只要真诚而不虚伪

只要踏实而不傲慢
一路见贤思齐
一路桃李风范
这样我想，纵然
路再其修远
路再其漫漫
你也必将
超越所有平凡

风雨桃李

江南雨蒙蒙
春愁尽朦胧
红花开几日
皆在雨打风吹中
春雨当梳洗
清风当梳妆
娇艳更欲滴
翠红俏妆浓

临窗看风景
又为岁月叹
春秋几多梦
也在雨打风吹中
花开又花败
人生何处不相逢？

何不学春花
开且姹紫芳菲
谢也缤纷落红

不为岁月忧
不惧风雨重
弱冠扶枝开
桃李嫣然笑春风

相思寄千里

今夜春雨又多情，
点点滴滴坠于心。
相思夜，
苦伶仃。
红烛解风情，
相照泪淋淋。
人影单，
睡无眠，
孤枕伴湿衾。

春风千里外，
两心若相依，
天涯无远近。
不求共婵娟，
只求君心似我心，
唯此爱，
终此生，
悠悠常牵挂，
绵绵无绝音。

纵使千里外，
梦断南墙处，
也不绝，相思恨。

又到春耕时

一夜春雨过，
浊水带新泥。
麻鸭寻池边，
黄鹂满枝栖。
更比一年春光好，
翠柳又依依。

昨还两三枝，
今却花漫蹊。
又到赏花时，
一脚踏春意。
花林惊飞鸟，
红粉尽沾衣，
莫抖袖，尽甜蜜。

春色无限好，
且也莫痴迷！
麻鞭水响，
春耕在即。

又到一年勤奋时，
撸起袖，渐宽衣。
春花盼秋实，
汗水浇甜蜜。

三月三

今又三月三
今夜雨又缠
落花不堪
无端生烦
一夜无眠尽辗转

夜雨声
泣还叹
滴滴乱于心
短发不敢挠
挠愁更难散
处处生怨
莫名难安

相照镜
不敢看
处处憔悴
夜夜尽蹒跚
曾何时

惹此相思债
竟岁岁难还
相思雨呀
恨又盼……

风　景

窄窄的窗

已容不尽这丰盈的四月

远处碧空青山

近了红墙绿榭

更不说

那些草长莺飞

那些湖光水色

翠得逼你的眼

蓝得让人迷惑

就连窗台的花儿

也红得让人费解

每夜每夜

我都不敢深睡

牛怕辜负了这迷人的景色

然而

你忽然间撞了进来

让我猝不及防

你占据了我的窗口

霸占了我的四月
一切，一切美景
被你一挥手
灰飞烟灭
我看风景的窗
变成了你的相框
全世界
便只有了你的身影
只有了你的色泽

今晚，我就飞到你身边

我问自己
明知相隔千里
为什么要去想你
想你的每个夜里
我像一只千年的孤鸿
在孤寂里
守着这相思的苦梦
我问自己
何缘自讨苦吃
心没有回答
只有雨水在滴答
雨下得很沉重
仿佛心也伴着跌下
跌到冰冷的地上
摔得生痛生痛

我不忍了
想把梦做得稍许轻松
然而，我驾驭不了

这沉重的季风
我想把梦做得香浓
然而，梦里没有你
我哪有心情
将鲜花播种
我想把梦做得生动
然而，梦里没有太阳
热血与激情
无法悸动
难道相爱
注定只是诗和远方？
难道相爱
一定要有缘由？
不，我要挥手
作别这缠人不休的季风
我不能让思念的泪雨
湿了我这相思的冢
冢里有我的痴爱
那是一颗待蝶的蛹

我定要将梦
驻进你满是繁星的夜空
让寂寥的心
借籍星月的伴拥
我守在黑夜里
仰望长空

叹那相爱的人呀
为何总是远隔千里
星星却说
并不远，只是隔条银河
可我怎样才能跨过？
星星说
用一世纪的思念
搭成鹊桥
不，我不要
这样的爱情会让我发疯
我不要僵死于
这千年冗痛
今晚，我不再做
那只千年的孤鸿
即便是焚身
我也要飞出这无边的苦梦
今晚我就要飞到你身边
与你相拥

爱，不应只是期许
爱，不应只是这
一种相思两处牵挂的苦疼
爱，应是义无反顾的行动
亲爱的，就让我来
且让我放下那些
放得下或者放不下的

南北西东
向你飞来
今晚，我就飞到你身边
今晚，我就与你相拥
我要一路上有你
携上鲜花和风雨
每天都和你
早看朝霞晚听松
用一辈子的时间来牵手
用一辈子的时间去搀扶
把老去的日子
过得生动
过得从容……

深 春

桃李风吹次第开，
繁花雨打终落败。
几只蜂蝶寻香迟，
一夜新果挂枝来。

两个种花人，
满园赏花客。
纷纷赶春至，
唯恐芳菲谢。
果农忙剪枝，
不敢贪春色。

昨晚小雨又霏霏，
今晨小果尽羞涩。
赏花不知浓春时，
正逢果农苦作业。

相思成痴

三月风如柳

四月氤如织

春花又到多情时

月影柔如丝

花好月圆日

最是相思时

春花为谁开

月儿为谁圆

谁人能知？

朝念暮成雪

相思苦成痴

恨君不相见

繁花堪来迟

众里寻你

花语尽泪湿

盼到春色最浓时

圆月笑我痴

天涯皆婵娟

独我孤影只
谁在唱
声声碎
夜风如嘶
我在临窗望你
你在秋月里可知？

月　夜

思念像那团陨石

划破沉闷的夜空

惊心触目地跌下

不知会跌落入谁的心田

是否，会惊起

一团夏花？

放歌的繁星

惊了，为之一阵嘶哑

只有呼吸

还驮着那沉重的睡眠

穿梭在梦里

在辗转不平的夜里

仿佛拖曳着干瘦的枝丫

那声音

刺穿了夜幕

心，无法安睡

像那只飘零的月

在那粗老的苦树梢上

悬挂

夜莺与夏虫也停下了
那凄婉的鸣唱
就连恍惚不定的月色
也仿佛是受到了
惊吓
最后
只剩下了我
一个人静静凝坐
正好，一颗静寂的心
等着你来涂鸦

月
夜
0
5
3

新春耕图

一夜春雨漫湿堤

两三只灰燕低飞疾

四五成群白鸭鹅

谁唤来？

河边腾浪寻新泥

更喜河畔六七树柳

柳梢枝里

八九只黄雀杜莺争早啼

布谷鸟儿更起早

声声忙忙催耕急

唤了老农

醒了晨曦

老农却从容

姗姗迟来懒扎衣

慢慢踱步田间

还小憩

一不背铁犁

二不带扁担筬箕

停停走走

走走停停
燃起一支烟
任香烟儿袅袅飘起
兜里手机的歌声
也跟着飘起

不多会儿
嘟嘟叽叽
引来了几台
或巧或笨的机器
耕来复去
复去耕来
一晌午时分
百亩黄滩水地
尽换绿衣

再看去，嘿
田间地头
秧苗儿依依
泥鳅儿嬉戏
老农的烟沫儿里
更是多了好些得意
远处，老伴在呼唤
呼唤从袅袅的炊烟里
飘来，飘来的炊烟里
荡漾着满满的甜蜜
荡漾着更加香浓的春意

新春耕图

新春耕图 055

思 乡

天上
有一弯新月
水中
有一叶扁舟
天上的新月像扁舟
荡漾在云里头
水中的扁舟像新月
荡漾在风里头
只是心中的那一勾
很沉
那是思乡的愁
能荡漾的
是杯中的米酒
那是家乡捎来的
那一宿
醉了天上的月
醉了水里的舟
醉了心头
湿了眼眸……

夜　钓

月似柳梢眉
落江一叶舟
春水柔如酥
夜钓邀童叟
风悠悠
水悠悠
夜半鱼满篓

小庆丰收
家乡的花鼓戏
欢唱一路
歌悠悠
乐悠悠
余音绕发髻
三月不食肉

兰花豆，脆毛肚
臭豆腐干，辣萝卜头
再来一坛老谷酒

喝几口
哼几曲
嘿嘿，来吧
干了这坛酒
醉就醉他几春秋

错　过

深夜
亮的星，明的月
都已睡下
盖上了黑茸茸的
那是云的被衾
而我，还撑亮着
一盏思念
缱绻无力
相守另一盏，烛灯
红泪相怜
对盏愁眠
烛光跌进我的眼
思念跌入我的心
很深、很深
我无法捞起
那份泪，湿得很沉

久久地，我守望
那心上人呀

我坚信，你一定
藏匿于某个星辰
我坚信，你也未眠……
果然，有颗流星闪过
撞击了我的眼
心怦然惊起
我按捺不住喜悦
急切地去开门
然而……门外
还是漆黑的夜
只是，多了些
痴说梦话的落叶……

抚 苗

开春了
我也学种花人
播下了平生的
第一粒种
几夜春风
翠嫩的生命
在我的念叨中
破土、萌生
毛茸茸的
煞是可人

我很小心地想拔除
旁生的杂草丛
草丛很愤怒地割破了
我的手
鲜血如涌
滴在茸茸的苗尖上
流下，拌着露水
绽放开来

一朵，两朵
很娇艳，很嫣红
再看
却是那一树花儿开了

儿时的记忆

四十年阔别
重回故里
不见了曾经的
毛坯草屋、坑洼淖泥
放眼所及
红墙碧瓦、蓝窗户邸
康庄一路上
更是流光满地
唯有家乡的这河水呀
竟自流向西
又见碎阳细浪
波光涟漪
依然花斑草翠
野香漫堤

漫步河堤
恍惚而又清晰的记忆里
还是儿时
那一幕幕的顽皮

牛背上打闹
草地里嬉戏
更喜舞枪弄棒
相斗无欺
偶尔风高月隐
邀上小伙计
偷偷去摸瓜
或是去摘桃李
就算挨上两巴掌
心中也荡漾着甜蜜
哦，往事，如烟
今犹在眼底

漫步河堤
柔风亲昵
宛若母亲的手臂
儿时，母亲最爱挽着
或是搂着我
一同漫步这河堤
数星星、讲故事
累了，就浅睡在母亲怀里
抵首相依
而如今
我在故园
母亲已远去天际
一瞥千里，阴阳两离

夕阳听风还碎
流水瑟瑟如泣
皆往矣，触底里
谁能堪？这沧桑记忆

漫步河堤
看这河长流水呀
流去了四十年的
春秋更替
流去了四十年的
斗转星移
只是未流去
这往梦依稀
四十年霜月
描白了发鬓
更描浓了这一畔
芳草萋萋
只可惜
河水不识春
长流无绝期
年岁不谙事
一路驰向西
悠悠远去
欲挽无力

蜂蝶多情恋花蹊

大雁远徙知归期
一人独步长堤
看斜阳渐渐垂西
听流水潺潺凄凄
不觉问
儿时的伴呀
你在哪里？
你是否还在天涯处浪迹
你可曾记
这往事历历
你可也是
常常梦中回故里？
……回故里……回故里？.

打工仔的春之梦

（一）

春风细有声，

春梦了无痕。

我盼望着你来，然而，我又害怕你来，忐忑中，你却真的来了。如三月里的雾雨，从袅袅氤氲里飘然而至。

你喜欢在我每个寂寞的夜里悄无声息地溜进我的睡梦。你像一条滑而顽皮的美人鱼，枕着我的臂膀而又不停地扭动你那多情的身躯，我的血液便在你的不安分中呼呼地向外喷涌，我的四肢也融化在你的气喘吁吁中。在我几近痛苦的瞬间，你的呻吟如同水底里忽然冒出的莲花，醉而酣畅地吐着你羞嫩的芬芳，并绽放出你娇媚的花蕊，如同你泛着红晕的脸庞。那一刻，你的美把我的心都弄碎了！我像溺了水的孩子，浑身湿透而又几近虚脱地躺在你温柔且甜蜜的呼吸里，任由你的秀发轻盈地擦拭着我的泪水，我一动不动，任凭鼻息在你的抚弄里梦出一串串不着调儿的歌声。

（二）

你又像一只夏虫，

总不停地在我半醒的梦里

噪动。

你用你那念念叨叨的吟唱鼓动起我的血浆，让血浆汹涌地撞击我年轻的心房，我原本宁静且柔弱的心因你的鼓动而愈发铿锵。

哦，不，我害怕这样！

我努力掩住和捂着自己的耳膜与心房，我不想让你长而久远地占据我的世界。我害怕你这蹑手蹑脚地声响，那是一种揪心的疼！请别在我的梦里作过多的停留与徜徉。

请不要在我哭与笑的池塘里荡漾，

请别把我原本平静的心泓惊起波浪，

请不要在我悲与喜的天空里飞翔，

你的翅膀洞穿了我的心房，

你的身影霸占了我所有春天里的睡梦，

饶了我吧？请还给我原来的那份安宁、纯真和本分！

你，且走吧！

（三）

其实，我又是害怕你走的，

正如我当初害怕你来一样，

忐忑中，你还是走了。悄无声息地走了。

我知道，你终是要走的。但自从你走了，我寂寥的泪水便盈盈地流满了整个四月的湖泊。我被自己的伤心囚禁了起来，囚禁于梦中那汪窄窄的心冢里。我无力行动，只能盼着你的救赎。

在一个更寂静的夜里，你终于来了，可这次，你却站在那星堆月砌的琼楼之上，星光熠熠般地向我招手，可我，只能站在这灰砖土垛上凄凄地朝你仰望。这一瞬间，我知道了我们之间的距离，太过遥远！然而，我居然没有死心，我努力在砖渣泥堆里寻找鲜花的种子，会的，会有的！我想我有热血和汗水的灌溉，只要心怀不败，自会有陌上花开！请别离我而去，请相信吧，有我赤胆朝天，总会有花开的流年！

（四）

在我深爱的夜空里
有两颗星星
很明亮很耀眼的
是你
很晦暗很不起眼的
哦，不
其实是根本没有光芒的
那是我自己
白天，我会在你偌大的城市里
挥汗如雨
夜里，我偷偷将自己藏匿
在渺茫的梦里
静听晚风的叹息
然而，纵使这样
我仍没放弃

依然倔强地

深爱你

每每

你在夜幕里熠熠生辉

我会偷偷在砖垛里

擦拭汗水与热泪……

远行的打工仔

只是因为你
我才
踏上这远行的列车
我不知道是去寻你
还是要另去寻梦
但注定是为了这场情殇
我惴惴不安的心
依然小心翼翼地
供养着那天，那夜
那轮满圆的月
因为月里
我们种下了
缘定终身的诺言
那夜，我记得
真的很美，很美
星月都因你而羞怯……
然而，然而
我的一无所有
最终没能挽留

你的不辞而别

我闭上眼
任由记忆鞭打
受伤的心
如同这单薄的列车
在厚重的寒风里摇曳
列车艰难地前行
时而悲叹哽噎
时而声嘶力竭
风撕扯着车窗
雨冰冷而生痛地
敲打着玻璃
和玻璃一样脆弱的心
被瑟瑟的泪雨穿透
欲碎欲裂

我无法凝坐
像一枚飘零的落叶
不知要落将何处
我努力擦拭车窗
想挽留一窗风景
然而，一切
匆匆而过
我无力留挽
甚至无力赏看

风景，或许很美
但我知道
我不是风景里的归者
我只是风景里的过客
而属于我的
也仅仅只是这一路的
颠簸与忐忑

初 夏

清晨

你携一抹红霞

袅袅而来

湖畔

杨柳依依

你将如柳的秀发浣洗

湖水

清澈见底

你一低头的温柔

娇羞了一湖的春意

不知是你粗心

还是故意

几粒待妆的胭脂粉

跌落湖面

惊了浅睡的涟漪

醒了初梦的睡莲

风儿一吹

莲花开了

夏天，便来了

戏水的水鸟

仿佛是羞于见你

远远地躲进了

湖对岸的柳荫里

只有知了

多了几分好奇

编了一些

不着调儿的歌

站在高高的柳枝上

炫耀自己

风儿一吹

歌声灿烂了一地

日子与生活

不管你是冷漠
还是热情似火
岁月不会去理会你
日子总如流萤
或是在你眼前
或是在你指尖
悠悠而过
或又像一把沙
你永远无法握住
如果你一把扬了
那叫挥霍
生命不长
日子并不多

但如果你能让沙
漏成一幅画
这种精彩
自己却可掌握
所以，学会珍惜

切莫妄自菲薄

任何一个非凡

其实都厚积于平凡

与其去膜拜他人

不如完美自我

所以

不管生活如何待我

我依然热爱生活

哄你入眠

亲
我已等了很久
如果你还要我等
我愿意
为你，再等一场
久晴后的雨
我想在雨中为你
采一些流萤

或者，再为你等一场
久雨后的晴
我想在银河里
舀一些星星
然后，串成一首歌
当你最美、最暖的围巾

这样，纵使
在没有月亮的寒夜
你不至于寂寞、寒冷

苦了，累了
请你枕着我的思念
静静地听
让我哼着这阙歌
哄你入眠
可好？
亲

风 景 画

一幅风景
如画
画中有景
景中有伊人
画美？
亦人美？
伊人如画
画如伊人

女 儿 红

都说好酒也怕巷子深
你说
搬出去吧
咱们去闹市里去酿烧
不
我的酒，我知道
她如我
有来自地缝里的傲骨
所以，我坚持
将她，深藏于山谷

藏在我心底里
八千里路深的疼处
我要用十八万年的文火
酿造她
成玉般的琼浆
然后，让她在地裂处
飘出……
飘出一首李清照的婉词

再让她，骄傲地
待字闺中

这，方成我深爱的
女儿红
尽管，她很简单
但她出奇的干净、清纯
她所有的醇香
仅仅来自于十八岁
一个少女的体香
如待穗的苞谷
晶莹尚沾满露珠

我在等，有哪一天
真有一个识她的人
且爱不释手的话
我，我……
才会把她嫁了
我的女儿红
我的生命与夙梦
我想……我想
迎娶她的
必须是一个智者
而且，还玉树临风

暗 恋

我不知道
是谁给了你
世上最美的艳丽
你披着霞光
挽着清风的手
向我窕窕而来
你如兰的气息
叩醒了我的沉默
如一首情诗
缠绵在我的梦里

我迷途了
你的长睫毛
遮了我的远方
我更无法
走出你的诗行
那是一条
没有指南的雨巷
很深、很深

没有橡树，也没有油纸伞
只有滴答滴答滴答
的雨声
我一步踏错
竟无端地
掉入了你的深渊

匆　忙

人生的雨点
被匆忙的时间
捻成了一条条细绳
细绳
又被来来往往的人群
穿梭成一幅幅画面
画里
我也涂鸦了几笔
但不小心
描入了些许瑕点
但我无力更改
纵然，很是悔恨
但已固去的画面
谁又能将它
回捻成一缕时间？

星 梦

夜

正以其

硕大的酒杯

为我

斟满了琼浆

那是来自银河里的

流泉

星星去哪儿了？

莫不是，寻梦时

不小心跌入了我的酒杯

然后，以其泡沫儿般

的欣喜

纷纷然地

挤来并跃于我的唇上

我一口抿入

竟然很是苦涩！

一串一串的

看似美丽

然而，那

只是星星载着的梦
美，但遥不可及

爱的诺言

绝不是栖于枝头的风
也不是泪湿心梦的雨
是一道风景
如果
你仅仅当自己是过客
那一定美而轻松
但如果
你当自己是归人
那终将累而沉重
毕竟
爱，不是每个人
都能拿得起
而又轻易能放得下的
风景里
当繁花落尽
缤纷终将归于尘土
而爱，在浪漫过后
承诺终将成为责任！

爱的呓语

（一）

彻夜，我都在找寻你。无数个你仿佛就在我眼前，然而，又遥不可及，像一串串思念挂满的泪滴，晶莹而美丽。我努力想拭去，却擦湿了一巾的衣袖，滚烫的，那是从心底里呓出的热泪。

（二）

天，下雨了

我一个人呆呆地站在雨里，仿佛从遥远的地方飘来了一个声音，"亲，不冷吗？"我一阵颤慄，猛地回头，哦，是你吗？然而，那只是一阵风而已，且清冷刺骨，并狠狠地揪了我的心一把。

（三）

我一个人走在清冷的雨巷中，突然，一阵风吹过来，似一缕披肩秀发拂面而过，哦，我的人儿！我竟脱口而出，这是你托给我的一个梦吗？

我知道，今夜的一场春雨，明天定会花开万枝！但我，依然只深爱你这一朵！

（四）

我又翻开了你的书信，我想在你的字行里寻找群星。我知道，你喜欢用群星来点缀你的柔情蜜意，然后用你的热吻，印亮每一个句点……我小心翼翼，并在你的诗行里寻那一千朵——陌上花开。

（五）

我就这样端坐，努力使自己不至于掉入你的陷阱，然而，我的心根本不听使唤，你仅是一回眸的温柔，便掳去了我的心。我再也无从找回，我知道，此生完了，我这一辈子注定魂不守舍，甚至心甘情愿地为你去赎你另一世的情债。

（六）

今晚，退去了雨，换了一轮美丽的月儿，婉若如你！孤傲而清冷，且高高在上。

我惧怕了，不敢去看你，哪怕只是一眼，然而，我又不甘心地对你想入非非……

（七）

尽管，我告诫过自己，千万别去想你！

可是，每次我又情不自已。我的告诫只是徒劳的赌语，我不知道是什么时候将心输给了你，更不明白你是什么时候下了什么巧妙的赌注。我竟就输掉了一生，心甘情愿地去做你的债人。

（八）

我的爱，你用夜的一团漆黑蒙住了我的瞳眼，你这是要我向你乞讨一个星星般明亮的吻吗？你用温柔的情话骗走了我所有的情梦，你用缤纷的歌声诱我入了你美丽而新奇的行宫，在行宫里，我甘愿做了你的仆人，我的主呀，请你饶恕了我对你的多情！

（九）

我在你的梦里沉睡，四围都是你装点的星星。我感觉到了你似火的热情，我激动得泪流满面。你在我的泪水里漂了过来，微闭双眼，深情地吻我，那一刻，我的心急喘起来，几欲昏厥……然而，该死的！我居然醒了，唉！我的爱呀，你何要这般痛苦地折磨于我！

（十）

月光轻轻叩开了我的心扉，你却乘机从我心灵的缝隙里溜走了，悄无声息。我燃起漫天的星火寻找你，彻夜彻夜……直至我疲倦地睡去，然而，清晨醒来才发现，你竟然十分乖巧且温柔地躺在我枕边的相框里，并朝我莞尔一笑。我的爱呀！你这一笑弄碎了我的心，我竟又心甘情愿地去守你那一千年的罪！

（十一）

不，我的爱呀，你真要离我而去吗？你一定是在撒谎，你分明是在骗自己！我知道你是爱我的！你惴惴不安的心宛如一只牡鹿在胸前急喘，你对我的爱也分明在泪眼里噙着，且呼之欲出。所以，别离开我好吗？因为你是爱我的，对吗？

（十二）

然而，你还是远去了……我不知道是应该将你淡忘还是应该将你牵挂，在我恍惚之中，你居然又来了，在西子湖畔，断桥之上，你撑着一把雨伞，携一抹旭光，踏着云雾款款而来，我急切地迎了上去，然而，走近才知，那不过是风儿捎来的一缕幻影……

于是，我的心又被你深深地伤了一次，锥心的痛！我已无力再写了……

520，我已泪流满面……

（写于 2017 年 5 月 20 日）

游泸沽湖送虞美人

天高羞对镜，
清风理云鬓。
云处不思归，
羡煞月下人。

月 中 人

既要赴这一场约
何不就此一醉
思念如水
欲流无泪
只是想
留住你一抹腮红
于我心如明镜的酒杯
今夜
就聚于月中吧
你我
何苦思归?

夏　雨

是谁
将昨晚的满月
弹断了弦
又将断弦的月
弃之于银河
银河里星花四溢
光芒闪烁
正好，我经过
我想
太过炫耀的星空
且高高在上
是否会招惹一场雨？
果然
一阵狂风掠过
很耀眼的光景不再
一场暴雨倾盆而落

我来不及撑伞
想去挽救

炎日里的一季绚烂

那可是昨天才开的夏荷

可这哒哒哒的雨

阻了我赴夏荷的那场约

还浇了我一身秋凉

我不知是该疾走

还是该驻留

我尚在雨中茫然失措

我问夏雨

夏雨却挽着风儿走了

只是冷冷地说

我带走了夏

和夏的所有

你去握秋天的手吧

企　盼

从小
我就爱读
泰戈尔的诗
大师告诉我
如果你因失去月亮
而悔恨的话
那你必定
还将失去群星

是的，我知道
以我的渺小
决不至于让月亮
对我俯瞰
所以，我决定
在群星中
寻一颗
与我一样微小的星
相伴一生

然而
纵使千百次
在黑夜里
我依然没能
寻着你
这是我的错吗？
我不敢问群星
我惧怕群星的耻笑

然后
我独自躲在
没有月亮的梦里
对银河企盼
企盼，哪怕只是
能够惊起，惊起
银河里的一朵微浪
我想
只要是能懂我
那我必定
将我的一生
托付与她！

牵 牛 花

她并不伟岸
甚至还很是柔弱
但她从未放弃理想
你看似
她在依附强悍
然而，她只是
借助强悍
而浅笑暴风的渺小
她，很倔强
朝着梦的太阳
节节高攀
然后，将芬芳
高傲地怒放

那么
我们是应该
去鄙视她的攀附
还是应该
去赞美她的不屈呢？

是的

我们或许可以

选择理想

但绝对无法

选择自己的基因

如果基因里

注定没有给我们

高大与强壮

我们是否

应该学学牵牛花呢？

面对命运

不屈不挠

不声不响

凭着自己的智慧与委婉

借助他人的高枝

且又不屈服于

他人的傲慢

然后，朝着梦的远方

昂首向上

最　爱

天边
有很多耀眼的星星
但都遥不可及
所以
我还是，喜欢
那一低头的芬芳
尽管
那仅是一树
浅开的栀子花
然而，我依然
深爱她！

虽然，她默不作声
但她清纯高节
绝不虚假
而且，她一直在
默默地
倾吐着
属于自己的高雅
与芳华

诗　魂

有个诗人叫顾城
由于他心中
只有一座小小孤寂的城
所以，最终
他没能容下自己与爱人
他弑了爱人
缢了自己
葬送了那座
小小美丽的城

还有个诗人叫海子
他面朝大海
却没有静心
去等那春暖花开
他将匆匆的生命
交给了更加匆匆的列车
这样的诗人
无疑是自私的
他们盗走了

文字里的美丽
却给人们留下了
心理上的阴霾

为了大爱
而舍生取义
那是无畏的
为生活的苦难与琐碎
而选择逃避和自决
那是懦夫
同样是诗人
屈原才无愧于伟大
他因大爱
而无私无畏
所以，为后人所敬仰爱戴

真正的诗人
一定是无畏
且心灵美丽的
他会洞悉一切人间苦痛
并将这些苦痛
化成美好的文字
给人生以启迪
给生活以鼓励
同样，一首好诗
一定有诗人的人格魅力

还有来自他骨髓里的
一些珍奇
让我们细嚼之后
化为营养
从而终身受益

诗人的生命是短暂的
但诗的精神
一定是长存的
积极向上的
所以，我们的诗
与品格
一定要经得住
狂风暴雨的洗涤
这样，我们的诗
方有长存的生命
和意义！

回　忆

年少的时候

我喜欢

携上一抹无畏与懵懂

捎上心爱的人

在寒夜里追风

在旭阳里驰骋

将一连串爱的故事

欢撒一路

只是，从未想过

要倍加珍惜

青年时期

带着少年时的得意

杀入职场

许上几个兄弟

一起宽衣撸袖

大干快上

急切地想闯开

一片天地

然而，一场暴风雨
来得太过猛烈
我猝不及防
爱情被打湿了
事业被冲垮了
我，不知该如何自已

一晃，便人到中年
还好，我还能弯下腰去
去捡拾那些散落一地
而如同珍贝一样的故事
将它们串起
制成诗行
然后，慢慢品读
读着、读着
热泪挂不住了
或流或滴
哦哦……原来人生
竟如此不堪回忆

难道是……
天要降大任
于斯人？
而先要苦其筋骨么
呵呵，好吧
就许我再爬起来

让五十岁的老夫
且向廉颇学习
既姜公亦未老
又何况我兮
好吧，让我
再去追一场秋风
再去闯一片雪地吧
呵呵，去吧，去呀
便再死又何足惜！

睡　莲

人散曲终
流水落尽
红伴远离
请许我一夜孤枕
在清冷的月里
独自眠去

但如果月光也去了
请许我
挽留你一席温柔
像风挽留你
一个粉色的记忆一般
终在袅袅而去的夜里
将旭日还你
并允你在我初醒的眸中
深深地、深深地
再作一次缠绵
一年……或一千年

然后
在弱水三千的河旁
或池边
我再等你
我的爱人
我前世今生
依水而居的爱人
你绽放吧
尽情地绽放
你的美丽
红尘一绝
一绝红尘

晚开的花

一朵晚开的花
错过了一季绚烂
一度被繁花落下
不艳丽
因而更希望
将果实结得硕大
作为花，如因错过了春
而再放弃顽强结果的话
那花的存在
何异如一片落叶

所以，拼命
向泥土摄取水和养分
将它交予根和茎
还有树叶
一同成长
并欣欣向荣

不妒恨根与泥的相拥

也不妒恨茎与风的相依
更不妒恨叶和雨的亲昵
共享阳光
同担风雨
这样，就长大了
成熟了
褪去了花的美丽
便拥有了果的甜蜜

向 往

我向往着
安宁与祥和
苦难并非我想要
若苦难注定要来临
那就请结伴而来吧
成双成对地来
排山倒海地来吧
我，不惧怕

如果
我真的被摧垮了
请让我
波澜壮阔地死去
死在崇山峻岭之间
这样
让我死后的灵魂
再作一次攀爬

但假若

我迎着你们的狂浪
踏了过来
哪怕遍体鳞伤
我亦无需慰藉
只需给我一片云
捎我去海上
我愿化成
深海里的一朵浪花
从此，任潮来潮往
波澜不惊

慎 独

人是初时好，
窕窕无忧愁。
欢歌一路载，
顺水当稳舟。

一朝行将错，
此辈万事休。
凭栏处，
悲白头。

昨日千人侍，
今朝几人问。
怨水不复返，
无情还悠悠。
悔不尽，
金阁楼。

此心悲粪土，
无情雨，
东江流。

诗和日子

有诗有酒
那是李白的日子
有诗有苦难
那是杜甫的日子
有诗有国殇
那是李煜的日子
有诗有朋友
这是我的日子
有幸福有国运
这是我们的日子

多好呀
就愿此
欢歌一路吧
以诗和远方
祝愿我们
连同我们的祖国
愿蒸蒸日上
幸福安康!

栈　道

日罩轻雾晚来纱，
东风疑去还复斜。
深山不知何时雨，
却有落英逐阶下。

人生道亦此道，
风雨无期，
扑朔迷离。
看飞花纷纷，
听落水潺潺。
英雄去矣，
谁揽风光无限？

儿子与诗

有一天
我很是得意
将写好的诗
递与儿子
儿子看不懂，问
干嘛不把每一页
每一行都写满？
我告诉儿子
作为诗
我们要留给它
无限的天地
和足够的想象空间
哦哦
儿子似乎是懂了
说，那我……
那我
做您的一首诗吧
……

致抗洪英雄

洪水来的时候
潮头铺天盖地
很是威武
但如蚁的人们
却没有屈服
在脆如索的长堤上
穿梭不息
他们都扛着自己的生命
与洪水抗击

浪来了
摧不垮的
那是万众一心的长城
心若齐，海天移
固若金汤的
那是英雄必胜的信念
而绝非
那泥堆土砌的大堤

风来了
一排排
迎风招展的
那是红旗和党旗
不仅仅是号召
那是每个抗洪人
与洪水相搏时
誓师而高举的手臂

歌来了
迎风而唱
踏浪而歌
那高亢的
不仅仅是歌声
那是抗洪人
誓死而战的决心
响彻云霄
响彻心底

追　求

曾经
我将名字写进了百度
今天
我将文章写进了百度
将来
我要将思想写进百度

我知道
我笨拙而绝非优秀
但我会早起
还会晚睡
我会以最简单的方式
告诫自己
我，决不会放弃奋斗

所以
我的亲人、朋友
你们有理由相信
我，一定会成为

你们的骄傲与自豪
这才是我
毕生的梦想
和至死不渝的追求

洪　水

洞庭连天雨，
浊浪接天际。
昨是桃源居，
今在烟波里。

离　愁

凉风刺云鬓，
寒雨穿石阶。
今日与君见，
不想与君别。

夜夜望君回，
君却匆匆别。
泪似无情雨，
湿透良宵夜。

离情雨中殇，
去影风里斜。
无奈春去矣，
此恨长伴夜。

胸　怀

以卵击石不是勇

屈辱求全非为谋

恃强凌弱不是强

退让示弱非我弱

襟怀坦荡

光明磊落

知进退

晓策略

这才叫懂生活

大海以其广博

吞远山

纳百川

容天地

将他人的强大

容于心

将他人的光芒

容于眼

这才是胸怀与气魄

有个叫海子的诗人
告诉我
应对人生
要面朝大海
静等春暖花开
然而，他只有这个情怀
却没有那个胸襟
面临多难的尘嚣
他选择了逃避和离开
所以，他不是
真正意义上的海的孩子

既然爱海
那一定要爱人生
因为人生就如海
时时多舛变
事事多磨难
所以，我告诫自己
面对人生
要心怀大海
从容以待

胸
怀

警 言

人无德，位高必险
树无根，花繁易折
勿恋无根水
莫饮空穴风

人一生
淡定从容
莫以傲慢视己贵
毋以虚伪求浮荣

勿狂妄自大
亦无须妄自菲薄
花开终有时
流水总无情

少生贪念品自清
多行不义人自毙
春风化雨暖
恶话伤人寒

人生路漫漫

其道修远兮

好事难出门

坏事传千里

落叶护根化为泥

桃李花开下成蹊

君欲行之远

自当多珍惜

雨过天晴

新霞恢冷
几缕浮云
山岚水泊空流恨
路边人单树怜

昨云泽如烟
伤雨悠沉
今马蹄声歇
尘嚣归静

采几朵初莲
静饮几盅新茗
让心中的沱雨
在滚烫的杯中
雨过天晴

窗外几只燕子低飞
衔了几丝凡尘
在筑巢……筑巢

好羡慕，我想
巢里一定有她们
温暖的爱情

暴 风 雨

突然就翻了脸
暴跳如雷
狂泄一番后
再眼望去
山河谁收拾
支离破碎
痛悔

忆昨日岂不好
和风细语
心吻蔷薇
江山多堪美
何欲学天公
斗一时之气
逞匹夫之勇
天公惹祸
尚有女娲补天
而你我
何欲为?

爱之花

有一朵花
花瓣开在你心里
根却扎在我心里
花的美丽
绽放在你脸上
根的丑陋
深埋在我身体里
把芬芳全予你
而营养，我来供给

这朵花
可以昙花一现
也可以亘古不移
但我期待
再唱一曲梁祝
再续一篇传奇
所以，只要你
我亲爱的
你如为爱红袖添香
我便为爱舍生取义

夏　荷

我等你
等了整整一雨季
你却在
炎炎炙日里
亭亭玉立

红纱浣绿水
媚眼盼还离
我期待
你能开在我心窝里
而你却
怜水相依

我欲乘风去
又恐红辰良景
被浊风所弃
终在凭栏处
依依难离

这却为哪般
瘦了千层衣
东风向晚
伊人仍在秋水里
遥望未可及
新雨又湿衣

遇 见

有些美丽
可望
而遥不可及
有些美丽
猝不及防
却着实
让你惊喜

这便是生活
如果你漫不经心
日子便如流水
纵使有花朵
也不过是
花自飘零水自流
但如果你是有心人
那么，那些个落瓣
必将落成诗行
字里句里
都将绽放你的美丽
与惊奇

荷　花

潇潇新雨河塘风，
袅袅初莲瑶池梦。
他日蛰伏淖泥底，
今朝拔节分外红。

夏　至

红脂待装扮，
媚眼泪阑珊
晨风吹欲醒，
宛宛扶枝瞰。

不知莲花初开日，
正是小女待嫁时。
春欲留，
夏已至。
不是伤心事，
珠露却满枝。

漫步黄昏

瑟瑟枫林晚，
悠悠暮色迟。
无须风信子，
相约两心知。

蜗　牛

蝶因花香而迷返
人因繁华而迷路
有人想牵着世界走
有人被世界牵着走
而我
因简单而与愚笨相守
看世界在缤纷中精彩
看他人在精彩里奋斗
而我
只知用愚笨的方式
去背负一颗痴心
朝着那未央的梦
一步一步向前走

是的，我知道
愚笨是我永远
也扔不掉的壳
所以，我从不敢
奢望辉煌与不朽

我只知努力向前
而决不退后
这，对智者来说
我的进步
不足以一笑
但对愚者和我而言
我的进步
还远没有尽头

鲤 鱼

池中有条鱼
身在池塘
心在龙门

初长的鳍
稳翔在浅底
问天的眼
只等那雨季

斯时池中鱼
终非池中物

太 阳 雨

太阳原本很明净
只因多了些黯散的云
下雨了
那仿佛是太阳落了泪
毛毛的
布满泪痕

我的心
也很是厌倦
但既然太阳也有委屈
我也就跟着落泪吧
泪雨过后
阴云散尽
心空似洗
晴朗如镜

种 子

孩子
你从母亲的生命里来
在父爱的阳光里长成
但风雨必将把你
从父辈的高枝上摘落
因为
你已经是一粒种子

但是，孩子
不要急于去展枝和开花
你的落地
首先是为了生根
生命的厚度
取决于你扎根的深度

浅薄的理想
会快速地
在人们的视野里
叶繁花茂、光鲜夺目

但一旦暴风雨来临
必将轰然倒下

所以，孩子
先生根再发芽
耐心用半生的时间
去黝黑的大地里
探索穿行吧

探索与穿行
注定是曲折和苦难的
且没有任何
可值得招摇的
但大地所给予的营养
足以滋长
你傲世的强壮
大地对你的抱拥
足以支撑
你参天的伟岸

所以，孩子
扎根下去吧
你就是一粒种子
老百姓就是大地

荷

我打江南而过

一场不期的雨

险些让我错失了你

幸好

有阵风来

捎过一缕如兰的气息

我蓦然回首

你已在风的那头

婀娜含情

窕窕而立

我，恍若在梦里

而你

凝脂如洗

宛若桃红的脸庞

绽满春意

那是在迎我吗

你惊鸿瞥过

低头掩面而羞

那一刻让我醉了
醉倒在你眸浅意深
温情万般的脉脉里
那嗒嗒的心跳
如同嗒嗒的雨滴
全都迷失了
迷失在你花蕊中
迷失在你池塘里
我欲罢不能
欲寻无力
心甘愿情地
在你的柔情蜜意里
放任自己
只等风来吹
只等雨来打
只等你来虐
从此，从此以后
我甘愿为奴
为你驻守美丽

踏　实

人生太过漫长
但人生又太过短暂
走着走着
有人倒下了
倒在了仕途的攀爬中
有人倒下了
倒在了生命的旅程里
我很庆幸
没有倒下
尽管
走得并不灿烂
走得并不辉煌

然而
一路踏实走来
收获了风景
收获了甜蜜
风景很美
因为你仍在风景里

生活很甜
因为你仍在快乐地生活
而且，而且
我们还依然
拥有着远方、
天空、草原和海洋

品　书
（写给晚读沙龙）

三更天，
五更梦，
晓风临窗卷帘松。

人欲醒，
意还浓。
手未释书，
人犹在卷中。

晓风，晓风，
霞光顿开，
海阔天空。

七月——莲

一个盛火的七月
拒绝一切包裹
拒绝伪装和粉饰
你可以躲在柳荫下
或者空调房内
你可以拒绝炙烤
但你无法回避火热
一切矫情与做作
那都枉然
瞬间，她会将你撕裂
直至你原形毕露

无从逃避
无法妥协
那么，就学莲吧
出污泥
而依然选择盛开
受炙烤
而依然昂首挺立

不妖不娆
不畏不阿
盛开的是花蕊
怒放的是气节

偶　遇

浅夏时节
小风习习
纤姿弄人来
如柳依依

只恨不相识
欲言难开
欲步难移
一瞥惊鸿去
看香腮红湿
秀眼流璃

怎不生恨
暗窦情意
奈五更天晓
仍罗衾薄衣

向胡琴借一曲
《伤别离》

可知？可知？

伊人在何处

锦书相寄

劳动者之歌

鲜血染成红旗
汗水浇灌甜蜜
只是一酷夏
又何足为奇
你蒸得去我的汗滴
你可蒸得去
我心中的希冀？

你来或是不敢来
我都会嘲笑你
炎炎烈日下
我挥动手臂
将一阵阵如豆的雨
洒向天际
那是我心底里
播出的种
它会顽强生长
在丛林、在水泥
甚至在钢筋里

是的
我是劳动者
我只在乎我的蓝图
在乎它
如何肆意生长
从来不会在乎天气
严冬也好
酷夏也罢
你来或不来
你是悄无声息
还是轰轰烈烈
我都欢迎你
来吧，然后
我会用
最高亢的歌儿送走你

盼

春花夏无觅，
明春还伴溪。
不知君离去，
何时是归期？

悲　秋

繁花尽时
不知落叶愁
春去霜满秋
满地雪
拾不起
旧时欢

待到流水有时尽
只是叹
秋水中
无伊人
泪眼望欲穿

我怎不悲
凄凄草
黄水滩
知我者
在何处凭栏?

风渐起
锦衣宽
欲系还散
欲走谁挽
泪眼阑珊处
只是望，故人还

黄昏思友

人尽苍路外，
鸟鸣孤林中。
花落点点红，
漂却无情水。

曾在墨山不识醉，
欲走还复回。
金樽酒，
谁思归？

怎奈西风起，
未敢望。
凭栏断肠处，
落魄何人随！

挥不飞，
吹还碎，
夕阳伴云去，
半江瑟瑟泪。

桨

只是一只桨
注定一生将与浪搏击
只有一个梦想
就是让生命之舟
远航，再远航……

所以
不能慵懒
不可停歇
否则
没有了劳顿
生存还有什么意义

那么
风，你尽管来
潮，你尽管涌
我有坚强的信念
有强有力的臂膀
更有不甘落后的心

所以，不惧怕
不退缩
天生我才
只为拼搏
目的是远航
目标是前方

是的，既然是桨
那注定是为风浪而生
理当劈波斩浪
迎风而上
如苟求安逸
何异于木
怎可谓之"桨"

夜　读

今夜
鸣蝉未唱
微风不动
就连最高傲的树梢
也低头聆听
只因
你在灯下
翻动了一本书
并低头吟诵

那书
叫《晚风》
你读得很美
我看得很美
那飒飒地
飒飒地
其实并不须听清内容
只是看着你在翻书
又仿佛是看着

书在读你
那飒飒地
飒飒地
听醉了微风
听醉了夏虫

黄 昏 令

花间一壶酒，
醇香争朝露。
待到红霞向晚时，
芬芳已不稠。

西风无力扫，
叶落早成秋。
繁花流水有时尽，
几许故人留？

晚　读

小夜轩窗风无痕，
浅吟诗赋意犹深。
无须凿壁借光来，
我生读书好自在。

养花偶感

养花心浇灌，
树木土培根。
欲要花争艳，
须当一年勤。

问 知 音

锦书一卷，
倚窗轩，
忘了千千烦。
春秋事，
凝眸看，
正好共秋月，
浅吟寻欢。

千金易，
知音难。
琵琶声处，
词中之誓，
何人弹？
寥寥心结，
和风倦散，
却问，
谁执手？
共婵娟。

成 全

人生漫长
却又短暂
人生欢乐
却又苦难
谁也不是千年的佛
翻不来云拂不去雨
注定蒙尘于三生石畔
踌躇不得
欲罢还难

一个人走
太过孤单
若得一知己
在一路的羁绊中
相陪相伴
相扶相搀
方可不乱始终
所以
珍爱自己

也别忘了
多送他人一程
不能成就自己
那何不成全别人

庭院偶得

（一）

深院沃土还须耕，
勤收瓜果也莫夸。
芬芳一片已不闻，
只因生在桃李下。

（二）

花园圃中宜赏花，
藤蔓地里好寻瓜。
勤奋一年收获时，
相邀邻里几人家。

登小墨山

墨山潇潇雨，
芙蓉朵朵肥。
朝至崇峦暖，
雨后新山翠。
君不见，
雾从峰间绕，
虹桥落碧水。
长江欲流去，
九曲十八回。

心

明知巫山难为雨，
偏惹南海腥雨风。
蝼蚁只知安逸乐，
岂知天空辽阔中。

春　早

燕来几家闹，
绿水田间绕。
桃蕾尚未开，
蜂蝶已妖娆。

寒夜小令

窗外清冷，
一枕寒月。
孤盏半对昨夜，
还星星了了，
以为愁云遮。

金樽哪挽，
奇书谁共？
怎奈五更天色，
却无数心思，
交与谁人阅？

蝴　蝶

窗外

飞来一只蝴蝶

色彩斑斓

仿佛从梦里而来

又仿佛

要飞入梦里

才十七岁

豆蔻的情窦

初开

一个少女的梦

一个少年的梦

瑟瑟而舞

这却要

停去谁的心头

羽翼下

轻抚一曲梁祝

一千年了

亘古不朽

情为之所动
风，跟着弹奏
雨，跟着弹奏
阳光也跟着弹奏
直到大海
在春天里流泪了
一直，流到了秋
琴声袅袅
爱恨悠悠

花落的时候

如果花开
只是为了花落
那我又因何来见你
你来一定有缘由
我来也一定有缘由
我们相遇
想必是为了圆那个缘
绝不为春
也不为秋
只为心中那一念
向往
彼此的向往

因为，花开的时候
你已在我心底伫立
而花落的时候
我已驻落你的心头
那一定是喜
那也一定是忧

但一切都是淡淡的
淡淡的
如水或是如月

而你，也是淡淡的
如花
而我，也是淡淡的
如叶
花开的时候
我们在一起
一起在阳光里摇曳
又一起在风雨中摇曳
摇曳……
等花落的时候
我陪你一同落下
轻轻地，轻轻地
落下
落下时我挽着你的手
紧紧的，紧紧的
或将去另一个世界
但必须是紧紧的
紧紧的……
你我相扶相携

花开为谁

三月的桃花不开
四月的柳絮不飞
不是为谁
只因
春风不至
你亦未来

所以，你来
请春风满面
那我
必定为你
敞开心怀

不逐时事虚华
我来
只为你懂
把花开成阳光
把花开成忧伤
把心思驻进

你的心房
用一生来为你芬芳

加　班

日上三尺头，
吾忙五更休。
汗若晴时雨，
却往何处流。

鸟　巢

新巢不知秋雨疾，
倦鸟瑟瑟向何栖。
唯愿相怜伴枝头，
却被无情湿锦衣。

知 音

（一）

得一知音
三生之幸
一千年的冢
一万年的情

纵使
再也飞不出梁祝
但也一定
在三生石畔
牵你的手
不放
从晨钟到暮鼓
直到白了头

知　音

（二）

高山听流水，
仰止遇知音。
春风缘何顾，
花开总有因。

醉

晨
我开了一叶
春天的窗
缤纷满园
红的、绿的、紫的
我无暇多看
只是想，反正
那是属于我的
一园风景

于是
贪了早晨的美味
又流连了
晌午的酩酊
待醺醺而过时
却发现
后园的门扉开了
并瑟瑟满地
飘零着黄叶
这……这难道是
秋天，你就来了？

厮守

挥去无情雨，
复来有晴天。
潇潇暮云去，
眷守旧时人。

秋 夜 吟

三春缤纷时，
不知流水情。
落花谁拾起，
对盏照无眠。

又是一秋月，
星星谁在寻。
只是我，
孤枕伴薄衾。

烟雨赤壁

古今三国赤壁
烟雨千年江南
谁在悔
嫁了刘郎

谁是谁的江南
绸缪万里河山
谁在唱
廉颇未老
风流当年周郎

秋 月

以为良辰美酒
能消千千愁
时光一席
青丝一缕
谁人留

一汪月光如水
结了心怀
东风不至
门扉不开

一帘秋事
唯窗外徘徊
却是为谁
只是，独等你来

秋　晚

红云渐落青山外，
孤帆愁影相徘徊。
落花伴水随春去，
秋月倚窗梦君来。

春秋——英雄

昨繁花盛春
今苍山晚秋
却是一道东去水
又过往许多愁

英雄几辈人物
屈指多少方遒
还道是
万户金侯
谁去寻
烟尘粪土

山苍茫
水长流
丹青染尽
英雄去矣
山河谁在改
只是换了春秋

秋 雨

秋黄窈窈至，
黛玉葬花时。
低眉粉底湿，
欲语还凝迟。

再是一叶，
春落去，
今又秋至。
今秋却不识，
昨年凉意。
切切焦黄处，
还更望，
一场久旱雨。
来吧，
哪怕，
你姗姗来迟。

月　满

今夜月满
天上银河霄汉
孤灯几盏
却比人间哪堪
火树银花
更欢乐无数
人间天上
谁争灿烂

今又月满
广寒嫦娥独消瘦
还慕凡尘烟火
车如流水马如龙
更华灯无数
谁在道
高处不胜寒
浮荣何贪

勤奋时节

少年不识春华贵，
秋来论酒空对杯。
勤奋还当时节好，
莫以黄月对霜眉。

咏　读

——写给读书会

旧时皇孙堂前读，
今朝尔民对咏词。
王燕叽叽呢喃曲，
却是寻常百姓诗。

霜　秋

春花谢了残红
孤帆远影中
流水潺潺
太匆匆

叶落好个秋
霜在心上愁
不知今夕已何年
醉了流年酒

年年复年年
年年仍依旧
风光谁在改
山河还悠悠
回眸时，已白头

初　曦

窗外，夜虫倦了
酣酣睡去
晨鸟儿却醒了
接过了夜虫的歌
仿佛是捡着了宝
欢唱着、欢唱着
窗扉儿闹开了
帘子也醒了
初曦的风
倒是和蔼
柔情万种的
却还是撩了我的梦

只有天边的云
尚还如我的眼
依然睡意忪忪
我想还伸上几个懒腰
可风儿不干了
树叶儿不干了

还有早起的人儿
也不理会了
等我开门时
他们早早地赶集了
或歌或舞或呦呵着

唯有我
被落下了
当我还在揉眼睛的时候
太阳狠狠地
拧了我屁股一把
还好，不痛
呵呵
我知道太阳是爱我的
不过是在提醒我
去奔跑吧！

初秋送友

烟雨寥了醉禾音，
几度春风曾摧人。
桃花已去伴芳水，
落叶遥遥知秋声。

祝　愿

一天秋雨一天凉
叶落点点伤
谁拾起
秋风已无力

花谢愿作护根泥
望来春
你在枝头栖
待到缤纷再春时
且载吾情意

读 书

书有染墨清香
人有娴情雅致
不为读书而读书
只为无事
偶尔翻开两页
看看别人的精彩
品品自己的人生
最好
点上一盏烛灯
焐上一壶咖啡
让烛火在咖啡里跳舞
让舞蹈咽入心肺
等那苦涩冷却
待那苦涩过后
再去韵一韵那股悠长
醉了就醉了
不醉就半醒着吧
让书自己去翻页
把歌儿唱出来

将歌的翅膀
展翼于
书的某一个章回里
或者不唱
那就让眼睛去寻觅
去寻字行里的
那一滴泪

那是爱与怨
结成的珠露
那是三千年的凝香
其实早已圆润
并流淌
在你我的心头
只是等着清风
来翻开那一页
而清风说
清风不识字
但知开卷有益
沉香凝袖

向大海写诗

谁能去大海上
写一首诗
我想，我能
驾一艘小船
让大海感伤
我的故事
任波涛万顷
任胸怀跌宕

我的船儿很小
但心儿却博大
足够在汹涌澎湃的
海天里驰骋
举起是一叶孤帆
落下是一匹巨桨
想去划开天迹
想去划破骇浪

风起，极目舒楚天
风歇，卧涛听水月
得此人生一辽阔
亦生，顶天地
亦死，任纵横
何须苛责于
浮世之沧桑
向大海写一首诗
将灿烂赋之于惊涛
将落泊赋之于静美

赏菊偶感

叶落深园暮秋雨，
缤繁远去菊黄迟。
人生好景君需记，
最记当年读书时。

春风秋雨颠沛离，
光阴荏苒志忞去。
谁在伤？
岁月已扶杖。

遥想公瑾当年，
羽扇纶巾时，
风流偶傥。
此去矣，
英雄迟暮。
挥斥方遒谁来？
更是气吞万里河山。

读书随笔

书有纤纤女，
窈窈卷中来。
书有美玉郎，
临风倚窗外。
书有春秋事，
借来渡沧海。
心有千千结，
书解千千怀。
书有千千缘，
随风卷自开。

秋登偶感

秋高层林染
蓑草覆野荒
藏青已难寻
偶见青果黄

石阶古道依旧
鸣鸟却不唱
只因不识
旧模样

英雄是否仍好汉
只是叹
岁月不刃
何其锋芒
嗟问
廉颇老矣
尚能饭否

月又中秋

氤氲远山丘
一樽还月酒
嫣语犹在听
月明愈加愁

曾与明月相牵手
今又依旧
只是月光却不知
已经年
行如水，松间流

还是那樽月
只是换了人
曾经凝眸相执手
毋用语
风如酒，醇如酥

今又复中秋
叶落惊风起

瑟瑟念如泣
桂花香，谁来嗅

千里问吴刚
芳甸月照还谁留
因何年年月丰满
年年人消瘦

写给泉文

李德彦

如果有一天

我们在路上走累了

你说，来的时候下雨

天空中没有鱼

但我们仍然要走

你很坚定

偶尔，我们听水的声音

想把树的记忆洗净

你又说，前方有一佛

能渡千年

那些金光闪闪

能把地铁照亮

我们不累……

（笔者注：著名警察诗人李德彦为泉文提诗）

群众身边的好警察
——记北景港派出所所长毛泉文

他爱岗敬业、热情为民，一次次为群众排忧解难，一次次得到了群众和同事的肯定；他刚正不阿、勇斗歹徒，不顾匪徒的威胁和利诱，帮群众挽回损失上千万元，只身智勇斗歹徒，成功制止持刀抢劫行动；他心系群众、舍己救人：两次不顾自身危险冲进大火挽救群众的生命和财产……他是群众身边的好警察——北景港派出所所长毛泉文。

一、爱岗敬业、热情为民

"群众有需求，出第一个手相助的总是他，同事有困难，第一个出手相助的还是他。"北景港派出所教导员袁立平说。同事的评价不是空穴来风，20年在基层，为群众排忧解难，早已成为毛泉文生活中不可或缺的一部分。

2013年，初来北景港任职所长的毛泉文，深知北景港镇治安状况不好，毛泉文牺牲大量的休息时间，亲自带领民警加强夜间巡逻，北景港镇的盗抢案件明显减少，让群众见警率大大提高，增强群众的安全感。

2014年2月5日16时许，在辖区巡逻的毛泉文接到群众报警称，藕池河南顶村河段的水沟里躺了一位老人，已经昏迷。接到警情后，毛泉文立刻赶到了现场。当天气温非常低，毛泉文立即召集群众帮忙一同把老人抬出水沟，并脱下棉大衣给老人盖上。见老人奄奄一息，全身发抖，手脚僵硬得无法活动，问话也不回答，毛泉文组织大家一起摆柴生火，喂老人喝热水，一直帮老人驱寒保暖，直到救护车到达。

毛泉文陪伴老人到华容县中医院后，经过2个小时的抢救，老人恢复了知觉。经过一天的打听和联系，毛泉文终于联系上了老人的家属。第二天，毛泉文的办公室又多了一面群众送来的锦旗。

毛泉文爱岗敬业、热情为民的精神让他在北景港工作期间做到了零投诉、零违纪，得到了广大群众的肯定，毛泉文的办公室挂满了群众送来的锦旗。

二、刚正不阿、勇斗歹徒

追逃和禁赌是极有风险的工作，如果没有丰富的经验，可能会打草惊蛇，或引来人身威胁。2006年至2009年毛泉文在禁赌办负责全面禁赌工作期间，毛泉文收到这样一条短信"你最好别追着我抓，不然要你家人好看！"交流后他得知对方是他正要逮捕的一名地下六合彩"上线庄家"。毛泉文并没有退缩，仍然耐心通过短信规劝其自首。见"固执"的毛泉文不吃硬，对方又改用"糖衣炮弹"侵袭，几天后，一叠装有近十万元现金的黑色袋子放在了毛泉文的办公桌上。面对巨额诱惑，毛泉文丝毫没有动心，仍然规劝嫌疑人前来自首。

毛泉文刚正不阿的工作态度终于获得回报：在禁毒办的几年时间中，严厉打击了在全县范围内呈泛滥之势的地下六合彩，为全县人民挽回经济损失千万余元。

2008 年 7 月 18 日晚上，加班回家的毛泉文更是赤手空拳凭借自身的经验和智勇，成功吓退了数名持刀抢劫的劫匪，解救了的哥和乘客。毛泉文刚正不阿、勇斗歹徒等先进事迹曾被《岳阳日报》第 8651 期整版报道。

三、心系群众、舍己救人

2016 年 2 月 20 日，又有一面锦旗送到了毛泉文办公室，这次来感谢毛泉文的是北景港镇下街节的几名群众。"他的英勇，让我们几户避免了几百万的损失！"这些群众讲述了 2 月 12 日 9 时许发生的惊险一幕。当天 8 时许，一名住户家里冒出浓浓大烟，还有火苗窜出来，家里没人，应该是电器起火。在所备勤的毛泉文，听到消息后，披上外套就跑出去了。眼看火势越来越大，毛泉文不顾个人安危，用手捂着毛巾，拨开人群，冲向起火的房间，一脚蹬开铁门，脱下外套猛扑火苗，并指挥着同事和赶来的群众灭火。经过 1 个小时的警民合作，火势得以控制。从黑烟中走出来湿漉漉、黑乎乎的毛泉文，头发和眉毛都烧焦了。回到派出所后，经过简单的处理，又继续了他的值班备勤。

毛泉文到北景港工作三年以来，在两次突发大火中，奋不顾身地冲在最前面带领干部、群众，扑灭大火，挽救了几条鲜活的生命、也为群众减少了巨大的财产损失。

四、工作成绩

几年来，毛泉文带领全所民警，深控犯罪，成功破获了《曾 XX

贩毒、容留他人吸毒、吸毒案》、《张 XX 贩毒、容留他人吸毒、吸毒案》、《潘 XX 贩毒案》、《曾 X 军开设赌场案》等涉案人员众多的刑事案件。

在防范和打击工作中均取得了可喜的战绩：2013 年全年工作行政拘留 49 人、强制戒毒 8 人，追回逃犯 3 名、共刑事拘留 12 人，其中逮捕 4 人，移送起诉 5 人，取保 3 人，共破刑事案件 11 起。2014 年全年行政拘留 25 人、强制戒毒 13 人，刑事拘留 10 人，其中移送起诉 10 人。2015 年全年行政拘留 14 人、强制戒毒 8 人，刑事拘留 13 人，其中移送起诉 7 人，取保候审 2 人。

另外，毛泉文针对网络诈骗、电信和各类诈骗案，印发了大量的安全宣传册，大大增强了群众的防范意思，有效地遏制了类似案件的发生，确保了群众财产不遭受损失。

在毛泉文不断艰辛的付出和努力的带领下，现北景港派出所和群众关系日益融洽，辖区发案减少，北景港镇居民的安全感和幸福感有了极大的提升。毛泉文说："每一次工作感觉到累的时候，我看到办公室群众送的一面面锦旗，想到群众得到帮助之后的一张张笑脸，我就觉得一切的努力和付出都是值得的。"

华容县北景港镇人民政府宣

2016 年 12 月

注：摘录于 2016 年华容县优秀共产党员先进事迹报告集

群众身边的好警察